AF501700

LES AMOURS DE LA HALLE,

VAUDEVILLE POISSARD,

EN UN ACTE,

Par MM. Henrion et M......

Représenté, pour la première fois, sur le théâtre Montansier-Variétés, le 5 frimaire, an 11.

A PARIS,

Chez Barba, Palais du Tribunat, galerie derrière le théâtre Français de la République, n°. 51.

AN XI. (1802)

PERSONNAGES.	ACTEURS.
CATHERINE, marchande à la halle aux légumes.	Mlles *Caumont.*
FANCHON, sa fille.	*Ferton.*
JAVOTTE, amie de Fanchon.	*Rébory.*
DUPUIS, ancien marchand de drap, parrain de Fanchon.	CC. *Bonioli.*
DESGAUCHET, apprenti perruquier.	*Brunet.*
L'ENFLÉ, fort de la halle.	*Tiercelin.*
DURAPEL, tambour de section, fringant	*Auguste.*
UN GARÇON marchand de vin, parlant.	*Vauxdoret.*
Plusieurs autres garçons, muets.	

La scène est à Paris, près la Halle.

LES AMOURS DE LA HALLE.

SCENE PREMIERE.

CATHERINE, FANCHON.

CATHERINE.

Non, mam'zelle, non, il ne r'viendra plus.

FANCHON.

Mais, ma mère...

CATHERINE.

Point de r'plique. Durapel est congédié ; c'est mon ordre. Voyez le grand mal, quand on vous donne Desgauchet pour époux... c'est là un jeune homme calé, qu'a d'z'écus, et un joli état.

FANCHON, *ironiquement.*

Un parti ben distingué... un garçon perruquier !

Air : *J'ai vu dans mes voyages.*

Chacun rit des airs qu'il se donne.

CATHERINE.

Laisse dire les envieux :
Un perruquier mieux que personne,
Sait jeter de la poudre aux yeux.
Ce garçon-là devrait te plaire,
Car je soutiens qu'un perruquier
Est doué d'un heureux caractère,
Puisqu'il accom'd' tout un cartier ?

FANCHON.

De la poudre aux yeux ! il vous en a trop jeté à vous, et pas assez à moi, ni à mon parrain.

CATHERINE.

Monsieur Dupuis !... je l'attends c'soir, et j'espère ben l'faire revenir sur l'compte de ce pauvre garçon... C'est aujourd'hui la Saint-Martin, et nous mangeons ce soir, un oie gras en famille, après quoi, nous signons les accordailles.

FANCHON.

Vous savez ben, que mon parrain n'est pas d'un caractère comm' tout l'monde ; il pourra fort bien n'pas vouloir d'vos petits arrangemens.

CATHERINE.

Ton parrain ! j'voudrais ben voir qu'il me contrecarrât par trop dans mes volontés ; je lui f'rais voir un peu d'queu bois je m'mouche ; je sais ben que c'est un original que ton parrain, qui n'fait rien comm' personne, qui a des idées à lui, des lubies ; mais au fond, c'est un brave homme qui entendra raison ; et puis d'ailleurs, je suis la maîtresse, j'espère, et j'nous passerons d'lui, après tout.

FANCHON.

Vous seriez bien obligée de filer doux, tout d'même. Sans mon parrain, bon soir, pas d'dot pour moi.

CATHERINE.

Voyez donc un peu c'te perronnelle... Mais t'as ben fait d'le dévisager, car, quand on parle du loup, on dit qu'on l'voit trotter, et l'vlà.

SCENE II.

LES PRÉCÉDENS, DUPUIS.

DUPUIS.

Vous voyez que je suis de parole, mère Catherine.

CATHERINE.

A la bonne heure. Vous savez que j'mangeons ce soir un oie ensemble.

DUPUIS.

Quel seront les convives ? Fanchon, d'abord Durapel....

CATHERINE.

Oh ! pour sti-là, il n'est pas illiminé.

DUPUIS.

C'est cependant un brave garçon.

CATHERINE.

Un méchant garnement.

DUPUIS.

Je ne suis point de votre avis.

Air : *Appelé par le dieu d'amour.*

C'est un vrai ramasse-ton-bras ;
C'est le soutien des deux courtilles ;
C'est un héros dans les combats ;
C'est l'amant de toutes nos filles.
Comme tambour, c'est un luron,
Que chacun admire à la ronde,
Enfin, comme dit la chanson,
C'est le meilleur homme du monde.

CATHERINE, *à part.*

Ah ! si c'n'était un homme, à qui j'devions l'respect, comm' je l'releverions d'ce qu'il m'dit là !

DUPUIS.

Ne pensez-vous pas comme moi ?

FANCHON.

Les yeux d'ma mère n'sont pas des miroscopes, pour voir les qualités de Durapel.

CATHERINE.

Durapel !

Air : *du Vaudeville des Visitandines.*

Chez lui, tout est bizarrie ;
On croit qu'il dispute en parlant ;
S'il chante, on penserait qu'il crie ;
On dirait qu'il court, en marchant ;
S'il salue on croit qu'il menace ;
On croit qu'il dévore en mangeant ;
Et, quand il veut être charmant,
Son sourire est une grimace.

DUPUIS.

Allons, mère Catherine, pas tant d'emportement... savez-vous bien que ce que vous faites, n'est pas trop sage, et qu'on ne doit pas contrarier le cœur de ses enfans ?

CATHERINE.

Nos enfans devraient ben plutôt n'pas nous mettre dans l'cas d'les réprimender.

DUPUIS.

Je suis sûr, qu'avec de la douceur, vous ferez entendre raison à ma filleule.

CATHERINE.

C'est une mule pour l'entêtement, elle ne sait pas c'qui lui convient.

FANCHON.

Non, mais vous savez ben c'qui n'me convient pas.

CATHERINE.

Tenez, monsieur Dupuis, j'n'ons pus confiance qu'en vous, pour li faire entendre raison. Je vous laisse seul avec elle... Et, pendant q'vous allez la sarmonner, j'vas au marché. Vos paroles ont plus d'éloquence que mes discours, par ainsi, consolez une mère affligée sur l'penchant d'sa fille, et empêcher que le pied d'estal de sa vertu ne fasse un faux pas. J'vous en prie, tâchez d'la déterminer, car, malgré ma douceur, j'serais forcé d'li tordre un p'tit brin le cou.

DUPUIS.

Soyez tranquille.

SCENE III.

DUPUIS, FANCHON.

DUPUIS.

Elle est bonne là, ta mère.

FANCHON.

Ah ! mon parrain ! est-ce q'vous l'écouteriez? est-ce q'vous voudriez contrecarrer mes amours avec Durapel, que j'aime plus que moi-même ?

DUPUIS.

Je suis loin de penser ainsi, et je sais trop bien que, plus on veut apporter de résistance à l'inclination des jeunes filles, plus elles ont envie de la satisfaire.

FANCHON.

Vous avez ben raison.

DUPUIS.

C'est pour cela que j'ai résolu de te servir.

FANCHON.

Que dites-vous là ?

DUPUIS.

La vérité.

FANCHON.

Mais comment f'rez-vous ? Ma mère veut me marier ce soir à ce bêta de Desgauchet, qui ressemble à une gaucherie comme une maladresse, et ça, parce qu'il a d'z'écus.

DUPUIS.

Ma fortune me met à même de faire des heureux, tu le sais.

FANCHON.

Et, sur c't'artic'-là, vot' cœur a toujours été d'accord avec vot' richesse.

DUPUIS.

Je prétends te marier ce soir même.

FANCHON.

Que d'bontés ! Mais ma mère n's'opposera-t-elle pas ?...

DUPUIS.

Non, te dis-je.... Tu sais que mon imagination est fertile en inventions.... Je prétends te dotter d'une façon singulière.

FANCHON.

Comment cela ?

DUPUIS, *tirant une bague de son doigt.*

Tiens, prends cette bague. Je promets un contrat de six cents francs de rente à celui de tes amans qui en sera possesseur ce soir au moment où ta mère voudra t'unir à Desgauchet.

FANCHON.

Bon ! je ne vais plus m'occuper que du soin d'la faire tenir à celui qu'j'aime.

DUPUIS.

Bien entendu que ta mère ignore nos conventions : je veux jouir de sa surprise.

FANCHON.

Et de mon bonheur.

Air : *du Panorama.*

Comptez sur ma reconnaissance,
Pourrai-je m'acquitter jamais ?
Fanchon rougit, en conscience,
De vous devoir tant de bienfaits ?

DUPUIS.

Ma chère, soit moins scrupuleuse,
Je n'agis que d'après mon cœur ;
Et chercher à te rendre heureuse,
C'est travailler à mon bonheur.

SCENE IV.

LES PRÉCÉDENS, CATHERINE.

CATHERINE.

Je n'pouvais plus traverser c'te halle : c'était à qui m'arrêterait pour me dire : — Eh ben ! ma commère, on dit comm' ça qu'vous devez marier vot'fille ce soir ? — Oui, que j'leux répondais. — Et à qui t'est-ce qui m'disions à leux tour. — A qui t'est-ce, je r'prenions, mais c'est à un joli garçon... et, sur ça, tout l'monde m'faisait la cour pour avoir la préférence.

FANCHON.

Vous, voyez, ma mère, qu'd'honneur je vous attire.

CATHERINE.

Dis plutôt qu'd'embarras.

FANCHON.

C'n'est pas ma faute... pourquoi m'avez-vous donné des appas capables d'plaire au premier venu ?

CATHERINE.

Mais, ces appas, on les cache.

FANCHON.

Je les cache aussi ; mais on les d'vine.

CATHERINE.

Ah ! on les d'vine ; on ne d'vine que les charrades, mam'zelle, et vous n'êtes pas d'ces filles-là.

DUPUIS.

Allons, mère Catherine, point de courroux ; si votre fille plaît, c'est qu'elle est tout votre portrait.

CATHERINE.

Voilà c'qui s'appelle avoir d'la connaissance.

DUPUIS.

Air : *Du vaud. de Chaulieu.*

Si Fanchon plaît par sa figure,
La vôtre plaît également;
Entre vous deux, je vous assure,
Le choix serait embarrassant.
Si ses traits ont quelque puissance,
Vous avez de puissans appas ;

Et bien certainement.

La mère aurait la préférence,
Si la fille n'existait pas.

CATHERINE.

Est-il joliment troussé c'compliment-là? c'que c'est pourtant qu'd'avoir reçu d'l'inducation au niveau d'sa connaissance, ça fait qu'on parle proportionnellement à son esprit.

DUPUIS.

Je suis satisfait que vous preniez en bonne part ce que je vous dis. En attendant l'instant de se mettre à table, je sors pour quelques affaires; mais je reviendrai : je ne suis pas homme à manquer un souper de famille.

SCENE V.

CATHERINE, FANCHON.

CATHERINE.

Ah! quel honnête homme! on n'en fait plus de c'te trempelà... Il a honoré, pendant quarante ans, le corps des marchands d'drap d'la rue St.-Denis, dont-il avait l'honneur d'être le syndic; c'est ça qu'est un fier état!... comme il t'aime!

FANCHON.

Il est si bon!

CATHERINE.

Mais, pendant que j'en sommes sur son compte, ma cuisine n'se fait pas, et j'vas faire un tour à la maison.

SCENE VI.

FANCHON, *seule.*

Ma mère n'sait pas encore tout c'qu'il a fait pour moi. V'là une bague qui doit m'assurer l'bonheur.... C'est ben dit ça, l'bonheur! pourvu qu'il n'y ait pas quelqu'anicroche.... Encore si Javotte était ici, elle me servirait; je puis compter sur son zèle, et, par son entremise, c'te bague s'trouverait ce soir entre les mains de Durapel; il s'présenterait avec, et ma mère, au lieu d'le recevoir comme un chien dans un jeu d'quille, lui f'rait des politesses. Les six cents francs d'rente que c'te bague lui vaudra s'rait une manière d'r'verbère qui lui f'rait voir les qualités d'mon amant.... Qu'est-ce que j'entends donc ? Ah ! mon dieu ! c'est c'bêta de Desgauchet.

SCENE VII.

FANCHON, DESGAUCHET.

DESGAUCHET.

Ouf ! je n'en puis plus tant j'suis venu vîte !

FANCHON.

Il n'fallait pas tant vous presser.

DESGAUCHET.

La voiture qui m'amène n'pauvait pas aller pus fort ; j'ai volé.

Air : *Du vaud. de Figaro.*

Pour vous offrir mon hommage,
J'abandonne le rasoir ;
Plus d'une pratique enrage,
Pendant que je viens vous voir :
Mais, pour finir mon ouvrage,
Et pour êt' pûtôt d'retour,
Moi, j'arrive en ce séjour,
Sur les aîles de l'amour.

FANCHON.

Une fière voiture q'tu avais là !

Air : *Tou humeur, etc.*

En parlant par métarphore,
On n'éblouit pas Fanchon,
Apprends q'je suis fille encore
A'rt'épond' sur l' même ton.
En te voyant, je suis sûre
Qu'chacun disait qu'cette fois
Le cocher de la voiture
Valait mieux que le bourgeois.

DESGAUCHET.

C'est qu'le jour qu'on s'marie, on n'se refuse rien.

FANCHON.

Oui dà ! et avec qui donc qu'vous vous mariez ?

DESGAUCHET.

Eh ! pardine... Ah ! mon dieu ! mon dieu ! demande-t-on

une demande comme ça ? Comment ? vous ne savez pas ?.... Eh ben, mam'zelle, c'est avec vous.

FANCHON.

Et moi, j'n'y consens pas à c'mariage-là.

DESGAUCHET.

Il faudra ben que vous y consentiez, puisque nos mères se sont parlé pour arranger c'te affaire-là.... Elles ont beaucoup parlé, nos mères, et j'ai la parole de la vôtre.

FANCHON.

Qui répond paye ; que celles qui donnent des paroles les tiennent.

DESGAUCHET.

V'là une inconclusion qui m'ferait devenir vot' beau-père si j'avais l'incivilité d'y souscrire... C'est affreux, après toutes mes attentions.

FANCHON.

Elles sont jolies vos attentions.

DESGAUCHET.

C'n'est pas qu'je vous le reproche ; mais je n'vous ai menée que d'festins en galas, et d'galas en festins.... C'qu'il y a de meilleur chez les cabarets c'est pour manger avec vous.

FANCHON.

Oui, à cinq sols le plat, *du p'tit bonheur ;* ça fait un fier restaurateur.

DESGAUCHET.

Vous avez des airs de moqqueries qui ne me conviennent pas du tout.

FANCHON.

C'est fâcheux, grigou.

DESGAUCHET.

Bon, des sobriquets à présent. Vous allez me l'payer, j'vais porter plainte à votre mère.

FANCHON.

Qu'est-ce que ça fera ?

DESGAUCHET.

Ça f'ra que j'vous f'rai gronder, pour n'pas vouloir m'donner des marques d'amour.

FANCHON, *lui donnant un soufflet.*

Eh bien, tiens, en v'là z'une... et j'dis qu'all' est pommée.

SCENE VIII.

LES PRÉCÉDENS, L'ENFLÉ.

L'ENFLÉ.

Eh ben ? qu'est-ce que c'est donc ?

DESGAUCHET.

Ce n'est rien ; c'est une gnolle.

L'ENFLÉ.

Pourquoi l'as-tu reçue ?

DESGAUCHET.

Parce qu'on m'la donné !

FANCHON, *à part*

Bon ! c'est l'Enflé ! comme il vient pour m'faire sa cour, il va sans doute m'débarrasser de Desgauchet.

L'ENFLÉ.

J'suis peut-être venu ici mal à propos ; vous en étiez...

DESGAUCHET.

Sur ma joue.

FANCHON.

Pour une impertinence.

DESGAUCHET.

Tu sais bien, l'Enflé, que la mère Catherine veut d'moi pour son gendre !

L'ENFLÉ.

Et que Fanchon s'y refuse ?

DESGAUCHET.

Tout juste.

L'ENFLÉ.

Laisse-moi faire, mon garçon, je vas li faire entendre raison, et la décider à t'épouser : accorde-moi seulement pour ça un quart-d'heure d'ton absence.

DESGAUCHET.

Ben volontier ; et si tu réussi, je t'retaperai six mois gratis, sans payer. Quant à vous, mam'zelle Fanchon, je vous prie de n'plus m'donner des giffles, entendez-vous ?

Air : *Je ne dis pas qu'ça fait du mal.*

Croyez-vous donc, q'je doive être
Content de votre soufflet ?

Il me fait assez connaître
Q' vous n'aimez pas Desgauchet.
De ces giffles-là,
On se passera. *bis.*
Je n'dis pas qu'all's font du mal,
Mais j'n'aime pas ça :
Eh! non, non, non, tout ça me déplaît,
Tout ça ne vaut rien.
Vous me traitez-la, mam'zelle, comme un vaurien.

SCENE IX.

L'ENFLÉ, FANCHON.

L'ENFLÉ.

Il m'tardais d'éloigner ce nigaud, qui m'empêchait d'te dégoiser la déclaration d'not' amour.

Air : *D'une folie.*

Je ne suis plus dans mon printems,
Mais je veux vous prouver, mignonne,
Que l'autonne a ses agrémens,
Et q'je n'le cédons a personne.
Pour vous je brûle nuit et jour ;
Cédez, cédez à mon amour.

FANCHON.

Prends garde de te faire du mal.

L'ENFLÉ.

Air : *De monsieur de la Palisse.*

Voulez-vous causer la mort
D'l'amant le plus tendre ?
Prenez pitié de mon sort,
Daignez enfin m'entendre.
L'feu dont j'brul' pour vos beaux yeux
N'pourra jamais s'éteindre ;
Si j'étais moins amoureux,
Je n'serais pas tant à plaindre.

FANCHON.

N'vas-tu pas m'ennuyer comme les autres ? tu sais bien ?...

L'ENFLÉ.

Les fréquentations étant la soudure des volontés, j'veux, par mes visites, raccorder ton cœur à ma flamme.

FANCHON.

Monstre ! peut-tu m'parler d'ton amour, quand tu sais que j'suis l'amie d'Javotte, qui t'aime, et que j'suis incapable d'trahir ? d'ailleurs mon parrain veut me marier aujourd'hui même.

L'ENFLÉ.

Sans doute qu'il te propose un gas dans l'capablement des espèces ? mais c'est égal, j'tai vue, ma chère Fanchon, et l'amour a enfoncé dans mon cœur sa flèche la mieux rémoulue.

FANCHON.

C'est une galanterie de tes paroles flatteuses.

L'ENFLÉ.

Je brûle d'un feu z'ardent, qui ne s'éteindra qu'avec celui d'ma vie.

FANCHON.

N'perds pas ton tems à m'débiter des nigauderies d'amour. Réserve ta tendresse pour Javotte, stelle-là qui t'adore.

L'ENFLÉ.

Javotte ! tu sais bien qu'elle est à Montléry, et tu ne peux-en être jalouse.

FANCHON.

Bien loin d'l'être, je n'veux épouser que Durapel.

L'ENFLÉ.

Ah ! l'maudit tapin ! c'est donc lui qui me traverse dans ton cœur ? il n'a qu'à ben se tenir ; je vous y abats son éteignoir, et j'vous y allonge un bout de bougie sur les montans, qui lui fera voir quelques chandelles : d'ailleurs, ta mère n'en veut pas.

FANCHON.

Que m'importe, ma mère ? sa volonté et zéro, ça f'ra la même somme. Mon parrain m'a r'mis cette bague pour que j'la fasse tenir à stilà que j'préfère : il s'laissera ben présenter un futur par ma mère ; mais bernique ! stilà seul qui l'aura, obtiendra ma main, où point de dot.

L'ENFLÉ.

Allons, voyons : n'planches-tu pas ?

FANCHON.

Non, foi de bonne enfant.

L'ENFLÉ.

Eh ben, t'est à moi, t'est à moi.

FANCHON.

Qu'est-ce q'ça signifie ?

L'ENFLÉ.

Je t'dis que t'est à moi, et j'vas travailler à mon bonheur.

SCENE X.

FANCHON, *seule.*

Ah ben oui ! c'est pour toi que l'four chauffe ; on t'en ratisse des bagues.

Air : *J'conviens avec toi, mignonne.*

J'appris toujours de ma mère,
De bonnes leçons :
All' dit qu'un' fille sévère
Craint tous les garçons.
Je n'me lairrai pas surprendre,
Par un suborneur,
Quoique j'ayons le cœur tendre,
J'somm' fille d'honneur.

On ne peut, de mère en fille,
Nous rien reprocher ;
La vertu, dans not' famille,
Ne peut pas broncher :
La raison en est bien claire ;
Je savons par cœur,
Que défunte ma grand'mère
Est mort' fill' d'honneur.

Comment ? c'est toi, Javotte ?

SCENE XI.

FANCHON, JAVOTTE.

JAVOTTE.

Eh ! pardine ! oui, c'est moi, ça t'étonne ?

FANCHON.

Te v'là donc de retour ?

JAVOTTE.

Sûrement oui que m'v'là. Mais que viens-je d'apprendre, en arrivant ? on dit q'ton mariage doit s'faire ce soir ? tu dois être ben contente ?

FANCHON.

Dis plutôt inquiète... j'ai trois partis.

JAVOTTE.

Abondance de bien n'nuit pas. Et qui préfères-tu ?

FANCHON.

Air : *Du vaudeville d'Angélique et Melcour.*

Mon cœur a fait choix d'un tambour
Dont je connais l'ardeur extrême :
Il est digne de mon amour,
Tu pourras en juger toi-même.

JAVOTTE.

Crains de le prendre pour époux,
Ma chère, je te le répète ;
Car il pourrait bien entre nous,
Te mener à la baguette.

FANCHON.

l'Enflé voulait bien se mettre sur les rangs.

JAVOTTE.

Oh ! le traître !

FANCHON.

Tu penses bien que j'suis trop ton amie pour l'avoir écouté.

JAVOTTE.

Bref ?

L'ENFLÉ, *entrant sans être vu.*

Ecoutons.

FANCHON.

J'lui ai donné son congé. Mais, à ton tour, il faut faire quelque chose pour moi.

L'ENFLÉ, *à part.*

O ciel ! c'est Javotte !

JAVOTTE.

De quoi s'agit-il ?

FANCHON.

Il faut remettre cette bague à Durapel.

JAVOTTE.

Quel est celui-là ? tu sais que j'n'en connais aucuns, depuis que j'suis partie.

FANCHON.

Ecoute : ma mère empêche qu'il n'vienne à la maison; mais il doit s'rendre sur cette place.

L'ENFLÉ, *à part.*

Bon !

FANCHON.

Son uniforme de tambour te l'indiquera assez. Dis-lui de s'présenter avec cette bague ; c'est un secret pour obtenir ma main.

JAVOTTE.

Je n'y manquerai pas.

FANCHON.

Adieu. Je te laisse, car je vois venir l'Enflé.

SCENE XII.

JAVOTTE, L'ENFLÉ.

L'ENFLÉ, *fait l'étonné.*

Eh quoi ! c'est vous, Javotte?

JAVOTTE.

Te v'là donc, perfide ! arrive, arrive, et viens te justifier d'avoir voulu épouser Fanchon.

L'ENFLÉ.

Je vous ai aimé en aveugle, Javotte ; alors, je ne voyais pas vos défauts ; mais, depuis, j'ai recouvré la lumière d'vérité, et...

JAVOTTE.

C'est donc comme ça que tu m'gardais ta foi ? je ne cherche point à me rapatrier avec toi, tu n'en vaut pas la peine ; mais je ne resiste pas au plaisir de me venger.

L'ENFLÉ.

Comment ?

JAVOTTE.

Fanchon m'a remis une bague... mais, suffit.

L'ENFLÉ.

Du mystère ?... Je sais tout.

JAVOTTE.

Dans un moment, tu sauras d'mes nouvelles. (*elle sort.*)

SCENE XIII.

L'ENFLÉ, DESGAUCHET.

DESGAUCHET.

Eh bien! je r'viens te r'trouver pour au sujet de c'que tu m'as dit tantôt.

L'ENFLÉ.

Ah !... pour...

DESGAUCHET.

Pour au sujet d'mon amour envers Fanchon.

L'ENFLÉ.

Il y a du déchet dans c't'amour-là ; c'est une infidèle dont j'veux t'venger. (*à part.*) Cet imbécile me servira dans mes projets. (*haut.*) Elle attend ici Durapel.

DESGAUCHET.

Voyez-vous ça ?

L'ENFLÉ.

Mais je t'vengerai si tu veux.

DESGAUCHET.

Ben volontiers. Je lui en veux déjà à c'diable de tambour; j'ai sur l'cœur un dîner avec Fanchon z'et lui.

Air : *Il faut quitter.*

Je me souviens, à la Courtille
D'un repas que nous avons fait;
Carpe, *goujon*, brochet, anguille,
Pour Fanchon, rien ne me coûtait.
Le maudit tambour, je t'assure,
A mangé le meilleur poisson.

L'ENFLÉ.

Je vois que, dans cette aventure,
Tu n'as gobé que le *goujon.*

DESGAUCHET.

Tout juste.

L'ENFLÉ.

Eh bien, tu seras vengé si tu veux te prêter à tout ce que je te dirai.

DESGAUCHET.

Pourvu que c'soit queuq'chose d'facile, car, entre nous,

j'suis un peu mal adroit, et j'n'aime pas à m'frotter à ces colibrigius qui ont l'fil.

L'ENFLÉ.

Sois tranquille; c'est z'aisé.

DESGAUCHET.

Je suis ben déterminé à tout c'qu'il faudra faire.

L'ENFLÉ.

Dans c'cas, sois docile. Voici Durapel; il m'vient dans la tête un henreux stratagême; nous allons commencer notre rôle.

SCENE XIV.

LES PRÉCÉDENS, DURAPEL.

DURAPEL.

Je ne croyais pas trouver ici l'ami l'Enflé.

L'ENFLÉ.

Tranchons au vif. C'est Fanchon que tu cherches?

DURAPEL.

C'te mère Catherine est ben sévère de n'pas vouloir qu'j'approche d'sa maison.

L'ENFLÉ.

Ah! pour c'que tu avais à y voir.

DURAPEL.

Que veux-tu dire?

L'ENFLÉ.

Que Fanchon....

DURAPEL.

Eh bien?

L'ENFLÉ.

Est infidelle.

DURAPEL.

C'est faux.

L'ENFLÉ.

Si j't'en donnais la preuve?

DURAPEL.

Cela seul pourrait m'convaincre.

L'ENFLÉ.

Il en coûte à mon amiquié de te l'apprendre..... Mais elle aime ce magot.

DESGAUCHET.

Allons, à présent, magot !

DURAPEL.

Je vais lui lever une aîle.

L'ENFLÉ.

Point de rigueur, Durapel ; vous êtes convenu qu'il fallait se convaincre... Elle doit se rendre ici à l'instant même où elle attend Desgauchet ; changez d'habit ensemble, et vous la verrez, trompée par l'apparence, laisser le tambour pour aller vers celui-là qui sera en bourgeois.

DURAPEL.

Parbleu ! essayons ce stratagême... Il est quelquefois bon d'éprouver sa maîtresse.

DESGAUCHET.

Ah ça ! mais dites donc...

L'ENFLÉ, *bas.*

Consens à tout.

DESGAUCHET.

Allons, je le veux ben aussi. (*ils changent d'habits.*)

L'ENFLÉ, *à Desgauchet.*

Tu es superbe en tambour.

TOUS TROIS.

Air : *Vaud. de Comment faire ?*

Un habit
Donne de l'esprit ;
Il séduit
La brune et la blonde ;
Et, souvent, grace à son habit,
L'homme réussit
Dans le monde.

DESGAUCHET.

Sous le costume que voilà,
Je lui ferai peur, je le gage ;
Car je sens que cet habit-là
Me donne déjà du courage.

ENSEMBLE.

Un habit etc.

L'ENFLÉ.

Paix ! j'entends quelqu'un. (*à part.*) Bon ! c'est Javotte, tout va bien.

SCENE XV.

LES PRÉCÉDENS, JAVOTTE.

JAVOTTE.

J'accours et je suis toute essoufflée. (*à Desgauchet.*) Tambour, écoutez donc, deux mots : je suis chargée d'vous r'mettre cette bague de la part d'vot' maîtresse ; il faut vous présenter avec aujourd'hui. (*à l'Enflé.*) Ma vengeance s'accomplit. (*à Durapel, qu'elle prend pour Desgauchet.*) Fanchon est avec son parrain ; on rit à tes dépens. J'ne t'en dis pas davantage, et je vais les r'trouver.

DURAPEL, *la retenant.*

Holà ! la jeune fille ! on n'se sauve pas comme ça.

JAVOTTE.

Laisse-moi.

DURAPEL.

Non, morbleu ! j'vous suivrai jusque chez Fanchon ; nous nous expliquerons, et je veux éclaircir ce mystère. (*il sort.*)

SCENE XVI.

L'ENFLÉ, DESGAUCHET.

L'ENFLÉ, *à part.*

La frime a réussi. A mon tour maintenant ; mettons-le dedans. (*haut.*) Te v'là possesseur d'une bague.

DESGAUCHET.

Que l'on envoie à Durapel.

L'ENFLÉ.

Il va r'venir furieux, j'en suis sûr.

DESGAUCHET.

Je l'crois bien ; mais c'est égal ; la mère veut d'moi parce que j'ai des écus ; c'est la fille qui...

L'ENFLÉ.

Puisque tu es riche, pourquoi n'achètes-tu pas un secret pour plaire ?

DESGAUCHET.

C'est des bêtises. Est-ce qu'il y en a ?

L'ENFLÉ, *à part.*

Montons-lui une coche pour lui chiper la bague. (*haut.*) Certainement, et j'r'viens d'un pays où on en trouve.

DESGAUCHET.

C'est donc le Pérou que c'pays-là ?

L'ENFLÉ.

Non, c'n'est pas l'Pérou ; mais c'est bien l'pays de Cocagne.

DESGAUCHET.

Encore un nouveau département que je n'connaissais pas dans le district d'la France. Si j'en savais la route...

L'ENFLÉ.

On n'peut y aller qu'avec la boussole magique. (*à part.*) Ah ! queu paquet !

DESGAUCHET.

Une boussole magique ! tiens, j'avais jamais entendu parler de ces bêtes-là.

L'ENFLÉ.

Je l'crois ben, nigaud, c'est du sorcilège.

DESGAUCHET.

Du sorciquoi ?

L'ENFLÉ.

Du sorcilège.

DESGAUCHET.

Ah ! c'est différent. Pourrais-tu m'en faire avoir ?

L'ENFLÉ.

J'en possède une, moi.

DESGAUCHET.

Pourquoi n't'en sers-tu pas !

L'ENFLÉ.

Je n'm'en suis qu'trop servi.

DESGAUCHET.

Il n'y paraît guères, car tu n'es pas trop beau.

L'ENFLÉ.

J'avais pourtant fait tourner la tête à la fille du gouverneur.

DESGAUCHET.

Rien que ça, seulement.

L'ENFLÉ.

Tu penses ben que l'père a été vexé de l'inclination d'sa fille, et il m'a banni à perpétuité.

DESGAUCHET.

Perpétuité ! sur les côtes d'Barbarie.

L'ENFLÉ.

C'est-à-dire qu'j'ai été obligé de vaner.

DESGAUCHET.

Ah ! j'prenais perpétuité pour un port d'mer.

L'ENFLÉ.

Tu sens qu'après une aventure comme celle-là, je n'ai pas osé r'tourner au pays.

DESGAUCHET.

Dans c'cas, vends-moi ta boussole magique ; j'irai y chercher d'la beauté et d'l'esprit pour plaire à Fanchon.

L'ENFLÉ, *à part.*

Le nigaud ! (*haut.*) Que m'donneras-tu pour ça ?

DESGAUCHET.

Ma montre d'argent. As-tu là ta boussole ?

L'ENFLÉ.

Sans doute ; la voici.

DESGAUCHET, *la regardant.*

Ah ! mon dieu ! qui est-ce qui dirait ça ?... Eh bien, ça t'convient-il ?

L'ENFLÉ.

Oui, mais tu y joindras la bague.

DESGAUCHET.

Va, je l'veux bien. Je n'ai point là ma montre ; elle est chez l'horloger : parce quelle retardait de trois jours... mais v'là toujours la bague.

L'ENFLÉ, *donnant la boussole, à part.*

Je la tiens... (*haut.*) Dans c'cas, je te laisse ronfler aux préparatifs du voyage. (*à part.*) Ah ! comme il la gobe.

SCENE XVII.

DESGAUCHET, *seul.*

Il n'faut cependant que du bonheur pour être heureux. N'dirait-on pas qu'j'ai marché sur l'trèfle aux cinq feuilles!... Il n'y a qu'un moment, Fanchon m'donnait des soufilets ; mais tout est bien changé... Je n'suis pas fâché d'm'être débarrassé de la bague ; aussi bien, d'toutes facons, il aurait toujours fallu la rendre... J'vois v'nir une jeune fille par-ici, je crois... Tiens !... c'est la même que tout-à-l'heure.... Si c'était déjà un effet du charme d'ma boussole magique.

SCENE XVIII.

DESGAUCHET, JAVOTTE.

JAVOTTE.

A moi, jeune homme.

DESGAUCHET, *à part.*

Voyez-vous ? jè n'me suis pas trompé.

JAVOTTE.

Vous n'êtes donc pas tambour ?

DESGAUCHET, *à part.*

Elle a déjà pris des informations sur mon compte.

JAVOTTE.

Mais répondez donc.

DESGAUCHET.

Mam'zèlle... (*à part.*) Tournons-lui un compliment.

Air : *Femmes voulez-vous éprouver.*

Je cesse d'avoir ce talent ,
Auprès de vous la chose claire ,
Je ne puis sur cet instrument ,
Vous égaler dans vot' manière;
Car, pour réveiller le guerrier,
Pour semer dans l'cœur les allarmes,
Mon tambour ne peut, dans l'quartier,
Faire autant de bruit que vos charmes.

JAVOTTE, *à part.*

Qu'il est bête !

DESGAUCHET, *à part.*

Il est chenu, celui-là !

JAVOTTE.

Je n'viens pas pour m'entendre dire des balivernes, je m'suis trompée tantôt, en vous r'mettant une bague, que j'croyais donner à celui dont vous avez l'habit, et j'viens pour la ravoir.

DESGAUCHET.

La chose est impossible.

JAVOTTE.

Il m'la faut cependant, ou j'vous étrangle.

DESGAUCHET.

V'là un caprice qui devient trop violent.

JAVOTTE.

Qu'en as tu fait, malheureux ?

DESGAUCHET.

Je l'ai donné à l'Enflé.

JAVOTTE.

L'Enflé ? ah ! le traître !... Mais, toi, monstre ! tu n'péриras que d'ma main.

DESGAUCHET

Ah ! mon dieu ! Queu z'harpie ! je m'sauve. (*Il s'enfuit.*)

SCENE XIX.

JAVOTTE, *seule.*

Je vois maintenant c'qu'il en est. l'Enflé a profité d'ma méprise et d'la bêtise de Desgauchet, pour s'emparer de ste bague.

Air : *De Dorilas.*

Jeunes filles, qu'amour engage,
On voit souvent vos billets doux
Adroitement pris au passage,
Par un envieux, un jalonx.
Que la prudence vous éclaire :
Ah ! tremblez de les égarer;
Une erreur est facile à faire,
Et difficile à réparer.

Pauvre Fanchon ! que d'viendras-tu, si je n'ai l'adresse de la ravoir ? voilà son portrait qu'elle vient d'me remettre, et qui doit m'être très-utile dans c'te occasion... Il faut qu'il joue son rôle... C'est une exellente idée... Justement voici mon traître. Commençons.

SCENE XX.

JAVOTTE, L'ENFLÉ.

JAVOTTE, *faisant l'affligée.*

Ah ! mon dieu ! mon dieu ! Qu'ai-je fait ? et de quels reproches ne vais-je pas être accablée ?

L'ENFLÉ.

Qu'es-q'tas donc à pleurnicher ?

JAVOTTE.

Non, jamais je n'oserai la revoir.

L'ENFLÉ.

Qui ?

JAVOTTE.

Fanchon.

L'ENFLÉ.

Pourquoi ?

FANCHON.

J'ai causé son malheur.

L'ENFLÉ.

Son malheur ?

JAVOTTE.

C'est un tour affreux de monsieur Dupuis.

L'ENFLÉ.

Explique-toi donc.

JAVOTTE, *à part.*

Bon ! il tombe dans l'paneau. (*haut.*) Voici l'fait. En même tems que Dupuis donnait une bague à Fanchon, pour faire tenir à son amant, il donnait à sa mère le portrait que j'tiens, et auquel seul sont attachés l'mari et la dot !

L'ENFLÉ.

Monsieur Dupuis trompait donc sa filleule ?

JAVOTTE.

Pour servir sa commère.

L'ENFLÉ.

Ah ! je comprends... Et c'qui te chagrine ?

JAVOTTE.

C'est que je n'sais comment faire tenir ce portrait à Durapel, en place de la bague qu'il a.

L'ENFLÉ.

Mais si tu veux m'en charger ?...

JAVOTTE.

Toi, pas si dupe.

L'ENFLÉ.

Durapel est mon ami, et j'ai sa confiance.

JAVOTTE.

Je voudrais une preuve pour l'croire.

L'ENFLÉ.

Je n'puis pas t'en donner une plus grande que d'te montrer qu'il m'a déjà repassé c'te bague dont tu fais tant d'cas.

JAVOTTE, *se radoucissant.*

Si cela est vrai.

L'ENFLÉ, *montrant la bague.*

La voici.

JAVOTTE.

Oui, c'est bien elle.

L'ENFLÉ.

Peux-tu barguigner, maintenant ?

JAVOTTE.

Oh ! non ; d'ailleurs, le cas est trop pressant. (*ils font l'échange.*)

L'ENFLÉ, *à part.*

Bon ! tout va bien.

JAVOTTE, *à part.*

Oh ! la bonne dupe ! (*haut.*) Va vîte trouver Durapel

L'ENFLÉ, *faisant semblant de sortir.*

J'y vole. (*il se cache.*)

JAVOTTE, *à part.*

Et moi, je vais le rejoindre ici près. (*Elle sort.*)

SCENE XXI.

L'ENFLÉ, *seul.*

Oh ! queu coup du sort ! ce que c'est que d'avoir d'l'esprit ! V'là l'tambour qui bat la retraite, le perruquier défrisé, et j'épouserai Fanchon... sûr que je l'épouserai. Mais la voilà, faisons y part d'son bonheur.

SCENE XXII.

JAVOTTE, L'ENFLÉ.

L'ENFLÉ.

Eh bien, Fanchon ? quand j'te disais que t'était à moi ?

FANCHON, *à part.*

Ah ! mon dieu ! est-ce qu'il aurait la bague ?

L'ENFLÉ.

Tu peux t'être tranquille ; tu seras madame l'Enflé.

FANCHON.

Vas-tu recommencer ? Mais qu'est-ce que c'est que tout ça ?

L'ENFLÉ.

Eh quoi ! ce sont les gens d'ma noce.

SCENE XXIII.

LES PRÉCÉDENS, CATHERINE, DUPUIS, JAVOTTE, DURAPEL.

CHOEUR.

Air : *Vive Roquelaure.*

Ma foi ! vive la halle !
C'est un endroit charmant ;
Selon nous, rien n'égale
Le plaisir qu'on y prend.

L'ENFLÉ.

Chaque jour y ramène
La gaîté, le plaisir,
Et tant soit peu de peine,
Nous les fait mieux sentir.

TOUS.

Ma foi! etc.

DUPUIS.

Eh bien, mère Catherine, le moment approche où nous allons faire le bonheur d'Fanchon.

CATHERINE.

D'puis long-tems vous lui tenez lieu d'père par vos bontés... Mais où donc est mon gendre ? je n'l'ai point encore vu depuis c'matin ; ça m'inquiète..... Un jour comme celui-ci, il devrait être l'premier à la fête.

DUPUIS.

Il est peut-être allé chercher les présens de noce. Mais quel bruit entends-je !

SCENE XXIV.

LES PRÉCÉDENS, DESGAUCHET, *emmené par quelques garçons marchands de vin.*

CATHERINE.

Ah ! mon dieu ! c'est mon gendre.

UN GARÇON.

C'est un tapageur que nous vous ramenons.

DESGAUCHET.

Malhonnête ! moi un tapageur !... on m'connaît dans l'quartier. V'là ma belle-mère... v'la ma future...

DUPUIS.

Qu'est-il donc arrivé ?

DESGAUCHET.

Ils n'savent pas mon aventure.

CATHERINE.

Parle, nous t'écoutons.

DESGAUCHET.

Je m'disposais à partir pour l'pays d'*Cocane*, v'là que j'entre dans un cabaret pour m'rafraîchir ; je demande un kilomètre de vin ; pas du tout, v'là qu'en me retournant j'casse un décalitre d'assiettes ; ils veulent m'les faire payer. Tu sais ben, l'Enflé, que j'n'ai pas d'argent, et ces gamins-là qui me prennent encore pour un déseserteur, m'ont reconduit jusqu'ici à coups de pierres.

DUPUIS.

Eh bien, que voulez-vous ?

UN GARÇON.

Comme il a eu affaire à d'honnêtes gens, on ne demande que douze francs pour le dégât qu'il a fait.

DUPUIS.

Les voilà ; c'est un enfant du quartier que nous reclamons tous.

CATHERINE.

Peut-on être fait d'la sorte, un jour d'noces.

LE GARÇON.

Je n'me serais pas douté de ramener là un marié.

FANCHON.

Il ne l'est pas encore.

(*Les garçons sortent.*)

SCENE XXV et DERNIERE.

TOUS, excepté les GARÇONS.

DUPUIS.

Maintenant que nous voici tous réunis, vous saurez, mère Catherine, que je dotte celui qui épousera ma filleule.

CATHERINE.

C'est trop d'bonté.

DUPUIS.

Elle le mérite... et vous rirez quand vous saurez à quelles conditions.

L'ENFLÉ, *à part.*

Est-ce qu'elle n'saurait pas...

DESGAUCHET.

M. Dupuis, sûrement que c'est un effet de votre part, mère Catherine, j'épouserai mon objet : vous savez que j'ai votre parole et le cœur d'Fanchon.

L'ENFLÉ.

Dis donc, mais, un moment, mon homme, tu peux filer ; c'est moi qui ai le portrait.

DESGAUCHET.

T'es pas mal Job encore avec ton portrait.

FANCHON, *donnant la bague à Durapel.*

C'est vrai ; mais, par bonheur, c'est Durapel qui a la bague.

L'ENFLÉ.

Eh ben, quoique ça signifie donc tout ça.

DUPUIS.

Que je donne six cents frans de rente à celui qui en est possesseur.

DURAPEL.

Queu bonheur !

L'ENFLÉ.

Ah ! queu vesquation !

DESGAUCHET.

Ah ça, écoutez donc, il y a d'l'oignon là-dedans ; c'est moi qui dois épouser. Dites donc, maman, est-ce que vous souffrirez ça ?

CATHERINE.

Que veux-tu, si je n'puis l'empêcher ?

DESGAUCHET.

Ah ! qu'c'est guignonant pour un jeune homme comme moi. (*à l'Enflé.*) Ce qui m'console, c'est qu'tu vas comme un rémouleur.

L'ENFLÉ.

Dis donc, est-ce que tu veux te faire bûcher, coco ?

JAVOTTE.

Conviens que les femmes ont plus d'esprit que ceux qui pensent les ruser.

L'ENFLÉ.

C'est si vrai que, si chaque fois qu'une femme trompe un homme il éternuait, nous n'aurions plus d'autres conversations que : *dieu vous bénisse* !

DESGAUCHET.

Ah ! quelle scie, dans tout ça...

L'ENFLÉ.

Que veux-tu, mon fils ? nous sommes faits ; mais nous nous en consolerons en pinçant copieusement la partie des légumes nuptiales.

VAUDEVILLE.

Air : *du vaud. de Vadé à la Grenouillère.*

DUPUIS.

Le plaisirs s'offre rarement,
Chez les crésus de cette ville,
La franche gaîté, l'enjouement,
Règnent toujours dans cet asyle ;
Pour les merveilleux, nos ébats
Seraient un objet de scandale,
Mais leurs petits jeux délicats,
A mon avis, ne valent pas
Les plaisirs bruyans de la halle.

DURAPEL.

J'entends, quelques censeurs jaloux
Blâmer nos goûts, notre langage,

Mais nous rions de leur courroux,
Car l'homme heureux est le plus sage ;
Ne prit on pas en dépit d'eux,
J'usqu'à Paris notre morale,
On se souvient du tems affreux,
Ou dans plus d'un cercle nombreux,
On pouvait se croire à la halle.

DESGAUCHET.

Le repas qu'on va nous donner,
N'est pas ce qui me dédommage ;
Car on sait bien qu'un bon diner
Ne vaut pas un bon mariage.
Pour n'être plus asticoté,
Prudemment d'ici je d'étale ;
Ah ! c'est bien dur, en vérité !
Désormais, je serai compté
Parmi les *dindons* de la halle.

L'ENFLÉ.

Un des soutiens dela gaîté,
Dont ici tout ressent l'empire ;
Vadé, cet auteur si fêté,
Nous doit son talent qu'on admire,
Sur les ports et dans nos bâteaux,
Ne puisait-il pas sa morale ?
Si chacun aime ses tableaux,
Et rit de ses originaux ;
C'est qu'il les prenait à la halle.

FANCHON, *au public.*

Pour nous quel cruel embarras !
On assure, d'après l'usage,
Que, sans témoins, on ne peut pas
Conclure en France un mariage.
Daignez pourvoir à nos besoins,
Messieurs, sans craindre le scandale ;
Revenez pour prix de nos soins,
Servir quelquefois de témoins
Aux mariages de la halle.

FIN.

www.ingramcontent.com/pod-product-compliance
Ingram Content Group UK Ltd.
Pitfield, Milton Keynes, MK11 3LW, UK
UKHW022320170726
13837UKWH00005BA/2091